PLAINTE

DES FILOUX

ET ÉCUMEURS

DE BOURSES,

A NOSSEIGNEURS

LES RÉVERBERES.

Dolus an virtus, &c. VIRG. ÆNEID.

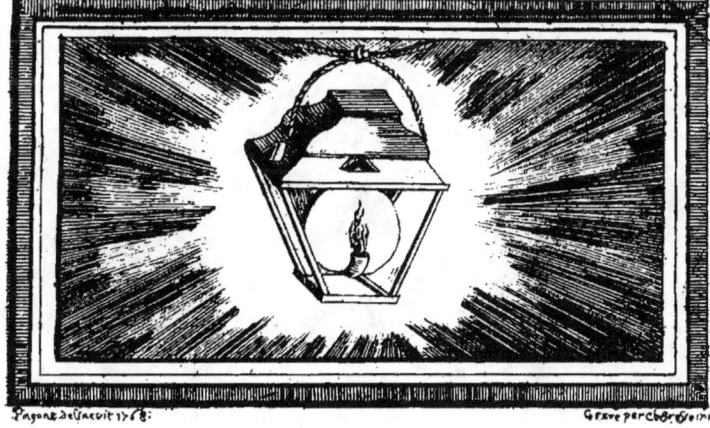

Pagonz delineavit 1768.   Grave percher Gemi t.

A LONDRES.

M. DCC. LXIX.

PLAINTE
DES FILOUX
ET ÉCUMEURS DE BOURSES,
A NOSSEIGNEURS
LES RÉVERBERES.

Vos genoux, puiſſant Mercure,
Tombent vos Clients les Filoux :
Vous leur Patron, ſouffrirez-vous
Qu'à leur trafic on faſſe injure ;
Qu'on éclaire leur moindre allure ;
Enfin qu'un Méchanicien,
Au détriment de notre bien,
Ait fait hiſſer ſes Réverberes,
Qui n'illuminent que trop bien
L'Etranger & le Citoyen ;
De la Police les Cerberes,
Qui ne nous permettent plus rien,
Grace à ces limpides lumieres,

Qui rendent les ames si fieres ?
D'écumer il n'eft plus moyen,
Ni la bourfe du mauvais Riche ,
A pied qui revient de fouper ,
Où de bons mots il fut plus chiche ,
Que de manger fort & lamper ;
Ni les poches d'une Marchande ,
Allant le foir à petit bruit ,
Trouver dans un fimple réduit
Son grand Coufin qui la demande ;
Le gouffet garni d'un Plaideur,
Defcendu nuitamment du Coche,
Courant porter au Procureur
Ce qu'un Ecumeur lui décroche ;
La valife d'un bon Fermier,
Non celui qui dans un jour gagne
Dix mille écus fur fon paillier ,
Et qu'un grand cortége accompagne ,
(Ne feroit-il que Financier:)
Mais un Fermier loyal Rentier
D'un bon Seigneur qui l'indemnife
S'il a fouffert du vent de bize ,
A fon maître , qui vient payer
De fa ferme quelque quartier
Qu'un de tes fujets dévalife.

Seigneur Mercure, le métier
Se faisoit si bien aux lanternes,
Pour notre profit toujours ternes !
D'entre nous le moindre Ecolier
Presto sçavoit s'approprier
  Pourse, Montre, autres balivernes,
Du cou détacher le collier...
Plus.... Ah ! maudit *Réverbérier*,
Aujourd'hui c'est toi qui nous bernes ;
Il faut que tu sois grand sorcier.....
Hier nous le disions encore,
Tous chacuns assemblés en Corps :
Notre Trompette *Desaccords*
Parla, point du tout en Pécore.
» Monsieur, dit-il au Général,
» Et vous Monsieur le Capitaine ;
» Aides de Camp, & Caporal,
» Qui courez tous la prétentaine ;
» Sans apporter reméde au mal
» Que nous cause un public fanal ;
» Disons fanaux, car par centaine
» Chaque quartier a ses fanaux,
» Des plus beaux lustres fiers Rivaux ;
» Dont la clarté met à la gêne
» Nos mains & nos fûtés ciseaux ;

» Et c'eft encor fans y comprendre
» La Troupe hurlante des *Falots*:
» Meffieurs, voulez-vous bien m'entendre ?..
Lors le Général fe leva,
Du bruyant Trompette acheva
La harangue fonore & tendre.
Mes Enfans, je devais m'attendre
Aux Aftres artificieux ;
Luminaires ingénieux,
Qu'un Magiftrat a fait fufpendre,
Aux Paffants pour donner des yeux,
Dans ces détours fallacieux
Qui nous aidoient à les furprendre.
Dans un fonge auffi peu plaifant
Que l'eft le fonge d'un Poëte,
Qui croit fon drame fuffifant
De lauriers pour ceindre fa tête,
Quand du drame on eft refufant
Chez le Public qui n'eft pas bête;
Dans mon fonge auffi malhonnête,
Que celui d'un petit fringuant,
Chez Plutus jouant l'intriguant,
Et de Vulcain portant l'aigrette;
Mais qui voit fon fatal croupier
Lui fouftraire le bon denier,

Et vouloir danfer à la fête . . .
Dans un fonge noir je fongeois ;
(Car tout eft fonge dans la vie :)
Je voyôis un gros de bourgeois ,
L'œil ftupéfait , l'ame ravie ,
A l'entour du Magicien ,
Le brillant Méchanicien ,
Qui fubftituoit aux Chandelles
Lampes auffi claires que belles.
J'admirai fon ouvrage auffi ,
(Le beau , le vrai chacun l'admire)
Quoique tous ces changements-ci ,
Ou là , valuffent ma fatyre ,
Tout au moins pouvois-je en méd
Marchand qui perdra ne rira ;
Et qui plus , qu'un filou perdra.
Dans cet océan de lumière ?
Qui jouera de la Gibeciere ?
Autant vaudroit à l'Opéra ,
Quand du jour le Pere fuprên
Et de Phaéton le papa ,
Son fou de fils émancipa
Sous fon lumineux diadême ,
Aller fur le Théâtre même ,
Tout rayonnant de fa fplendeur ,

A iij

Filouter Phœbus fur fon trône.... ;
Et détacher en *Ecumeur*
Les diamans de fa Couronne.
Mes enfans , quel affreux malheur !
Mon Général, qu'allons - nous faire ,
Dit le Capitaine *Ecureuil* ?
Ces Réverberes font l'*écueil*
De toute affaire falutaire ;
Des lampes pour notre cerceuil. . . .
Qu'entendez-vous par Réverbere ,
Répartit un Aide-de-Camp ?
Moi , je m'appelle *Ventre-à-terre* ,
Jamais l'on ne me voit que quand
J'ai défait double jarretiere
De deux boucles à diamant ,
Double foulier pareillement. . . .
Moi Lézard votre Anfepeffade ,
Gafcon fans fauffé gafconnade
Qui me gliffe auffi doucément
Dans la Noce , à l'enterrement ;
Que dans la chambre d'un malade ,
A l'inventaire mêmement. . . .
Nous tous enfin du Régiment
Quelles vont être nos reffources ?
C'eft pourtant un état charmant

Que celui d'écumeurs de bourſes. ... :
Les Procureurs les vuideront
Dans leur étude , à la buvette ;
Pour s'excuſer , ils nous diront
Qu'ils ſont ſujets à la paulette ;
Les Créſus, qu'ils ont fait leurs fonds,
Quand leur fortune eſt déja faite.
Les *mineurs* ſont coulés à fonds ,
Et les *ſapeurs* ont leur retraite.
Général ; .... Eh bien ? mes amis ? ...
Pourquoi vous avons-nous admis
Au grade de Chef de l'Armée ,
Des braves filoux de Paris ,
Des écumeurs du plat pays ,
Si vantés par la Rénommée ?
La Rénommée.... ah ! mes chers fils ,
N'eſt pour nous ceinture dorée;
Et ſous les yeux du Magiſtrat
Qui prétend que de chaque état
La conduite ſoit éclairée ,
La nôtre qui perd à l'éclat
Sera trop bien *réverberée.*
Allez, vous parlez comme un fat,
Comme un Général en peinture. ...
N'eſt-il pas vrai , divin Mercure ? ...

A iv

Par votre grace, pourriez - vous
Eriger en Corps les filoux ?
La Communauté feroit pleine
Bien plus de *Sages* que de foux ,
Si vous faifiez regner fur nous
De *Iurés* par fexte foixantaine ,
De payer nous ferions jaloux
Tous les droits, même ceux d'aubaine ;
Mais auffi , quand il feroit bon
Que nous manœuvrions en plaine ,
Nous aurions le vol du chapon....
Dans notre Corps on peut admettre
D'un mineur l'avide Tuteur
Du bien pupillaire trop maître....
D'un Teftament l'exécuteur ,
Qui fe fait l'ufurier prêteur
Du légataire qui s'obére
En damnant fort le Teftateur ,
De l'honneur c'eft à ce fauteur
Que Thémis doit fon Réverbere....
Fraternifons l'efcroc Auteur ,
Dont la mémoire avec la plume
L'*Ancien* , le *Moderne* écume
Sans pudeur , même avec hauteur ,
De fes vols bourfoufle un volume ,

Dont il est seul l'admirateur.
Avant qu'il se confraternise,
Mercure, qu'un Frere fouetteur
En Classe le réverberise. ...
Et le Fripier & le Tailleur,
Et le gourmand Bedeau d'Eglise,
De brioches fier tirailleur,
Rognant les chanteaux à sa guise;
Ces filoux obscurs & rusés,
Qu'ils soient fort réverberisés. ...
Mais que le soit bien mieux encore
L'aveugle époux qui ne voit pas
Que Madame prend ses ducats,
Les prodigue à l'Abbé *Rhosphore*,
Au Militaire *Mandragore*,
Au sec Poëte *Métaphore*,
C'est pour elle un grand embarras.
Mais l'Abbé parle *Météore*,
Et le Militaire *Combats*,
Le Poëte chante les plats,
En trio *Minerve* on adore.
Si la Minerve ne voit point
Qu'elle est filoutée en tout point,
Il faut qu'on la *reminervise*,
Autant dire réverberise....

Qu'en penfez - vous, fils de Maya ;
Difcret patron des Sycophantes,
De *Pendeloques*, de *Toquantes*,
Vos fuppôts font - ils à *quia* ?
Quelque grand Génie Alchymifte,
(En Allemagne il en eft tant,
Suivant la Nature à la pifte,
Et fes fecrets lui filoutant)
A nous leurs ignares Confreres,
Ces *Sçavans* voudroient - ils fournir
Une poudre propre à ternir
La glace de ces Réverberes ?
Pour qu'on puiffe aller & venir
Comme on alloit à l'ordinaire,
Quand mainte Lanterne peu claire
Aux fins nous laiffoit parvenir ?
Il eft force poudres chymiques,
Que privilégiés filoux,
Autrement dit des Empyriques,
Vendent à des fots, ou des fous.
Ici des poudres balfamiques,
Des béchiques, des ftomachiques
Là, (ce qui nous plaît encor mieux)
De la poudre à jetter aux yeux.
Poudre oratoire, ou profaïque,

Poudre à grimoire , ou poëtique ;
Sur - tout la poudre académique
Dont le tourbillon porte aux Cieux
Un Lettré filoux radieux ,
Qui *pince* la palme *Olympique.*
Mieux que nous un mouchoir ou deux ,
Quand le Ciel n'eſt pas nébuleux ,
Seroit - il poudre aſſez magique
Un *Arcane* aſſez merveilleux ?
Arcane eſt un terme alchymique ,
C'eſt preſque le ſecret des Dieux.)
Les filoux ſont myſtérieux.
C'eſt ainſi qu'*Arcane* on explique
Par le ſecret qu'ils ont entr'eux.
S'il étoit un moyen heureux
De rendre moins *réverbérique*
Le Réverbere lumineux ;
On ſe remettroit en pratique ;
Alors on ne craindroit pas tant
La Garde ni ſon Commandant ,
Qui la dirige & qui l'éclaire ,
Et dont l'œil actif & perçant
Eſt notre vivant Réverbère. . . .
Eh bien ! mes petits Compagnons ,
Avec vos poings ſur les roignons ,

Dit leur Général , vieux Satrape ;
Enfin leur *Rominagrobis* ,
Au zèle de qui rien n'échappe ,
Encor l'œil clair comme un rubis.. . :.
Dans cette extrême conjonĉture
Que vous a répondu Mercure ?
Rien.... Rien ? ... j'en aurois bien juré.
Voulez - vous d'un œil affuré
Aller braver ces luminaires ,
Ou les ternir à votre gré ?
Vous n'entendez pas les affaires.
Quand ces flambeaux vous terniriez ,
Même que vous les fouffleriez ,
Il eft un aftre aux bons propice ,
Son feu , redoutable aux méchants ;
Brûle , confume l'injuftice.
Les Dieux de la Seine en leurs chants ,
Célébrent fa douce influence ,
Ses rayons vifs & pénétrans
Au lieu le plus impénétrable ,
Où tout homme obfcur eft coupable ,
S'il abufe de fes talents ,
Pour troubler un ordre admirable
Que ce Soleil vivifiant ,
Ce Mécène difert , affable ,

En ces lieux rend invariable
Par son esprit ferme & liant,
Jaloux de fixer l'harmonie,
Objet de ses soins généreux,
Dans la Capitale embellie
Par ses suivants , les Ris, les Jeux,
Gens de meilleure Compagnie
Que nous autres, Malencontreux,
Dont il prend certains tours heureux
Pour mauvaise plaisanterie
Qu'il punit d'un air sérieux. . . .
Le Dieu de la filouterie ,
Mercure enfin , notre Patron ,
Direz - vous, creva sans façon
Cent yeux , qui gardoient vache *pie.*
Pour la fable le tour est bon ,
Il vous sieroit bien , je parie ,
Que par son magique bâton
La Réverbérique magie,
Mieux éclairante que bougie,
Du haut en bas fît le plongeon.
Je conviens que le Caducée
Est quelquefois d'un grand secours ;
Quand la vertu fait la rusée ;
Plus encor le font les amours.
Mais ici c'est une autre histoire :

Les Réverbères brillent trop :
Le Caducée & fon Grimoire ,
Pas plus que nos termes d'*Argot*,
N'ont point l'art de faire Capot
Le bâton à *pomme d'ivoire.*
Amis , fi vous ne voulez pas
Avouer l'urgence du cas ,
Attendez le mois de Septembre ;
Chaque rue alors paroîtra
Un dortoir que de chambre en chambre
Le Réverbere éclairera.
En vain le filou filera
Dans la plus étroite Ruelle
Le Réverbere en fentinelle ;
Avec le Guet fpéculera ,
De Paris la Garde fidelle,
Les écumeurs écumera ,
Les filoux enfiler fera
Dans quelqu'obfcure Citadelle ;
Où le Geolier engeolera ,
Peut - être même empaillera
Notre filoutante féquelle ,
Notre écumante Kirielle ;
Quand Mercure on invoquera ;
Mercure aîlé battra de l'aîle ;
Encagés il nous laiffera ,

Entre Guichet on nous lira
Une fentence pas trop belle
Qui nos affaires gâtera ,
Et qui tout droit nous menera
Au pont qui mene à la Tournelle. . : .
Dites donc comme on s'y prendra ,
Général , avec vos emblêmes ?
Eh ! Meffieurs , dites-le vous-mêmes ;
La Crife eft forte . . . . Un Médecin ,
Avec fon grec & fon latin ,
N'a jamais rendu plus *crifantes*
Ses victimes agonifantes ;
L'embarras d'un Abbé mufqué ;
D'un gros Prieuré débufqué
Par fon Confrere charitable
Au nôtre n'eft pas comparable.
Maudit Réverbere embufqué ,
Pour qu'un filou foit démafqué ,
Pour nous faire donner au Diable !
S'écria d'un ton effroyable
Le Confiftoire fouterrain ,
Filou , méchant comme un lutin ,
Ecumeur , écumant de rage ,
Puiffe en Septembre un gros orage ,
(Mais qu'il refpecte le raifin)
Gréle & carreaux lancer foudain

Sur ton fragile échafaudage
De criftaux ; voulant maîtrifer ,
Qui pis eft réverberifer ,
Notre ambulant Aréopage ,
Qui de prime abord fçait juger
Des facultés d'un perfonnage ,
Et mieux que les frais s'adjuger.....
O Nuit ! Déeffe du myftère ,
Ton devoir eft de nous venger ,
Comme ces Nymphes de Cythère ,
Qui fans doute vont arranger
Leur plaidoyer en langue amère
Contre l'adverfe Réverbere ,
Nuifible aux jeux myftérieux.
C'eft à toi de te plaindre aux Dieux ,
Que dans ton empire domine ,
Maint aftre poftiche , odieux
Aux gens de Mercure & Cyprine ,
Réverberes audacieux ,
Dont tu reclames la ruine. . . .
Meffieurs , voilà parler au mieux ,
Si , comme vous , le Ciel opine ,
(Dit le Général foucieux ;)
Mais un feul point qui me chagrine ,
C'eft qu'on ne peut tromper des yeux
Que Thémis fans ceffe illumine.

F I N.

www.ingramcontent.com/pod-product-compliance
Lightning Source LLC
Chambersburg PA
CBHW061415170626
46811CB00005B/2000